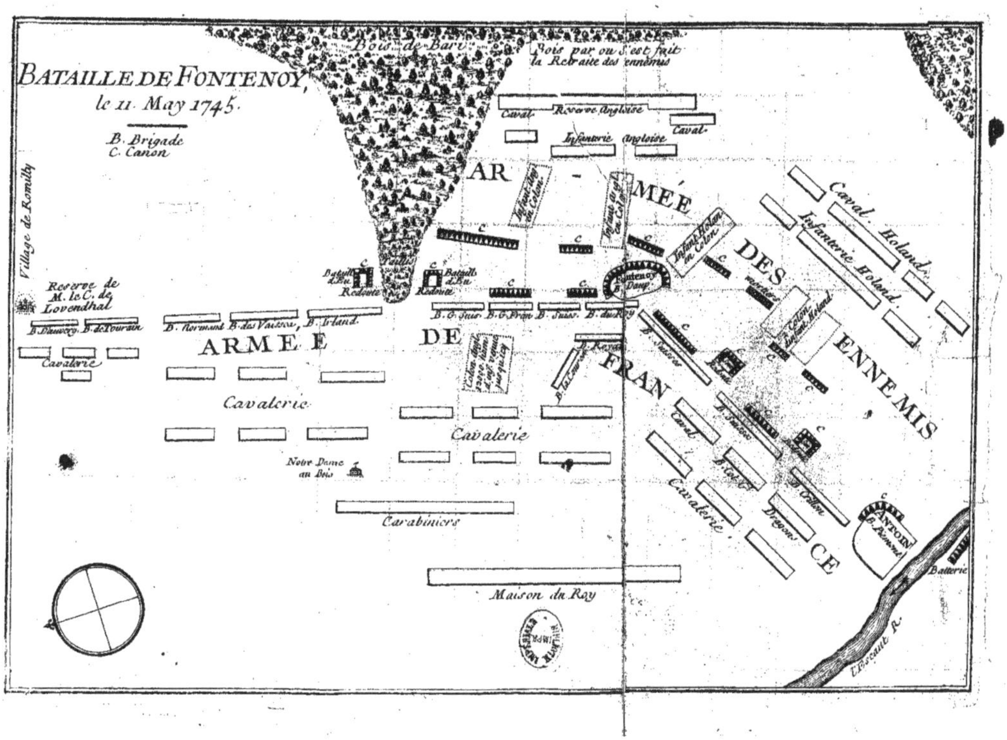

BATAILLE DE FONTENOY,
le 11. May 1745.

B. Brigade
C. Canon

Bois de Bari
Bois par ou s'est fait la Retraite des ennemis
Caval. Reserve Angloise Caval.
Infanterie Angloise
ARMÉE DES ENNEMIS
Infanterie de Colon
Caval. Holand.
Infanterie Holand.
Infant. Holan en Colon
Fontenoy B. Daup.
Colon. Infant. Holand.
Village de Romilly
Reserve de M. le C. de Lovendhal
B. Dauvery. B. de Tourain
B. Normant B. des Vaisseau B. Irland.
Batail. d'Eu Redoute
Redoute
B. G. Suis. B. G. Fran. B. Suiss. B. du Roy
ARMÉE DE FRANCE
Cavalerie
Cavalerie
Cavalerie
B. Royal
Caval.
Dragons
B. Criollon
Cavalerie
Notre Dame au Bois
Carabiniers
Maison du Roy
ANTOIN B. Piémont
Batterie
L'Escault R.

LE POËME DE FONTENOY,

NEUVIEME EDITION,

Avec le Plan de la Bataille, l'Epître Dédicatoire au Roy, le Discours préliminaire, des Notes, & autres Pieces.

A PARIS,
Chez PRAULT pere, Quai de Gêvres, au Paradis.

M. DCC. XLV.

Avec Approbation & Permission.

L'IMPRIMEUR AU LECTEUR.

LA magnifique édition de cet Ouvrage ; que Sa Majesté a fait executer à son Louvre, ayant encore excité l'empressement du Public, j'ai été obligé de donner cette édition nouvelle, qui, en comptant celle du Louvre, fait la neuviéme imprimée à Paris. On y trouvera des Vers & des particularités qui ne se trouvent dans aucune autre, celle-ci ayant été faite après la prise d'Ostende, &c.

AU ROY,

IRE,

Je n'avois osé dédier à VOTRE MAJESTÉ *les premiers essais de cet Ouvrage. Je craignois sur tout de déplaire au plus modeste des Vainqueurs ; mais ,* SIRE, *ce n'est point ici un Panégyrique , c'est une peinture fidéle d'une partie de la Journée la plus*

glorieuſe depuis la Bataille de Bovines. Ce ſont les ſentimens de la France, quoiqu'à peine exprimés ; c'eſt un Poëme ſans exagération, & de grandes vérités ſans mélange de fiction, ni de flaterie. Le nom de VOTRE MAJESTÉ *fera paſſer cette faible eſquiſſe à la poſterité, comme un monument autentique de tant de belles actions, faites en votre préſence, à l'exemple des vôtres.*

Daignez, SIRE, *ajoûter à la bonté que* VOTRE MAJESTÉ *a eue de permettre cet hommage, celle d'agréer les profonds reſpects d'un de vos moindres Sujets, & du plus zélé de vos Admirateurs.*

VOLTAIRE.

DISCOURS PRÉLIMINAIRE.

LE Public ſait que cet Ouvrage, compoſé d'abord avec la rapidité que le zéle inſpire, reçut des accroiſſemens à chaque Edition qu'on en faiſoit. Toutes les circonſtances de la victoire de Fontenoy, qu'on apprenoit à Paris de jour en jour, méritoient d'être célébrées ; &, ce qui n'étoit d'abord qu'une Piéce de cent Vers, eſt devenu un Poëme qui en contient plus de trois cent cinquante ; mais on y a gardé toujours le même ordre, qui conſiſte dans la Préparation, dans l'Action, & dans ce qui la termine ; on n'a fait même que mettre cet ordre dans un plus grand jour, en traçant, dans cette Edition, le portrait des Nations dont étoit compoſée l'Armée ennemie, & en ſpécifiant leurs trois attaques.

On a peint avec des traits vrais, mais non

injurieux, les Nations dont LOUIS XV. a triomphé: par exemple, quand on dit des Hollandais qu'ils avoient autrefois brisé le joug de l'*Autriche cruelle*, il est clair que c'est de l'Autriche, *alors cruelle envers eux*, que l'on parle: car assurément elle ne l'est pas aujourd'hui pour les Etats Généraux; & d'ailleurs, la Reine de Hongrie qui ajoute tant à la gloire de la Maison d'Autriche, sait combien les Français respectent sa Personne & ses vertus, en étant forcés de la combattre.

Quand on a dit des Anglais, *Et la Féroéité le céde à la Vertu*, on a eu soin d'avertir en nottes dans toutes les Editions, que ce reproche de férocité ne tomboit que sur le Soldat.

En effet, il est très-véritable que lorsque la colonne Anglaise déborda Fontenoy, plusieurs soldats de cette Nation criérent: *No quarter, point de quartier*. On sait encore, que quand M. de Sechelles seconda les intentions du Roi, avec une prévoyance si singuliere, & qu'il fit préparer autant de secours pour les Prisonniers ennemis blessés, que pour nos Troupes, quelques Fantaſſins Anglais s'acharnerent encore contre nos ſoldats, dans les Chariots même où l'on tranſportoit les vainqueurs & les vaincus bleſſés. Les Officiers, qui ont, à peu près la même éducation dans toute l'Europe, ont auſſi la même généroſité ; mais il y a des Pays où le Peuple, abandonné à lui-même, eſt plus farouche qu'ailleurs. On n'en a pas moins loué la valeur & la conduite de cette Nation ; & ſur tout, on n'a cité le nom de M. le Duc de Cumberland qu'avec l'éloge que ſa magnanimité doit attendre de tout le monde.

Quelques étrangers ont voulu perſuader au Public, que l'illuſtre Adiſſon, dans ſon Poëme de la Campagne de Hoshted, avoit parlé plus honorablement de la Maiſon du Roi, que l'Auteur même du Poëme de Fontenoy. Ce reproche a été cauſe qu'on a cherché l'Ouvrage de M. Adiſſon à la Bibliotheque de Sa Majeſté, & on a été bien ſurpris d'y trouver beaucoup plus d'injures que de louanges, c'eſt environ au troiscentiéme Vers. On ne les répétera point, & il eſt bien inutile d'y répondre ; la

Maiſon du Roi leur a répondu par des victoires.
On eſt très-éloigné de refuſer à un grand Poëte & à un Philoſophe très-éclairé, tel que M. Adiſſon, les éloges qu'il mérite ; mais il en mériteroit davantage, & il auroit plus honoré la Philoſophie & la Poëſie, s'il avoit plus ménagé dans ſon poëme, des Têtes couronnées qu'un ennemi même doit toujours reſpecter, & s'il avoit ſongé que les louanges données aux vaincus, ſont un laurier de plus pour les vainqueurs : il eſt à croire que quand M. Adiſſon fut Secretaire d'Etat, le Miniſtre ſe repentit de ces indécences échapées à l'auteur.

Si l'Ouvrage Anglais eſt trop rempli de fiel, celui-ci reſpire l'humanité. On a ſongé, en célébrant une Bataille, à inſpirer des ſentimens de bienfaiſance. Malheur à celui qui ne pourroit ſe plaire qu'aux peintures de la deſtruction, & aux images des malheurs des hommes.

Les peuples de l'Europe ont des principes d'humanité qui ne ſe trouvent point dans les autres parties du monde ; ils ſont plus liés entr'eux, ils ont des loix qui leur ſont communes ;

toutes les Maiſons des Souverains ſont alliées ; leurs ſujets voyagent continuellemenr, & entretiennent une liaiſon réciproque. Les Européans chrétiens ſont ce qu'étoient les Grecs ; ils ſe font la guerre entr'eux, mais ils conſervent d'ordinaire, dans ces diſſentions, tant de bienſéance & de politeſſe, que ſouvent un Français, un Anglais, un Allemand qui ſe rencontrent, paroiſſent être nez dans la même ville. Il eſt vrai que les Lacédémoniens & les Thébains étoient moins polis que le peuple d'Athènes, mais enfin toutes les nations de la Grèce ſe regardoient comme des Alliés qui ne ſe faiſoient la guerre que dans l'eſpérance certaine de la paix : ils inſultoient rarement à des ennemis qui dans peu d'années devoient être leurs amis. C'eſt ſur ce principe qu'on a tâché que cet ouvrage fût un monument de la gloire du Roi, & non de la honte des nations dont il triomphe : on feroit fâché d'avoir écrit contre elles avec autant d'aigreur que quelques Français en ont mis dans leurs ſatyres contre cet ouvrage d'un de leurs compatriotes, mais la jalousie d'auteur à auteur est beaucoup plus grande que celle de nation à nation.

On a dit des Suisses, qu'ils sont *nos antiques amis & nos concitoyens*, parce qu'ils le sont depuis deux cens cinquante ans. On a dit que les étrangers qui servent dans nos armées, ont suivi l'exemple de la Maison du Roi & de nos autres troupes, parce qu'en effet c'est toujours à la nation qui combat pour son Prince, à donner cet exemple, & que jamais cet exemple n'a été mieux donné.

On n'ôtera jamais à la nation Française la gloire de la valeur & de la politesse. On a osé imprimer, que ce vers

> Je vois cet Etranger qu'on croit né parmi nous,

étoit un compliment à un Général né en Saxe, *d'avoir l'air Français*. Il est bien question ici d'air & de bonne grace ! Quel est l'homme qui ne voit évidemment que ce vers signifie que ce General étranger est aussi attaché au Roy que s'il étoit né son Sujet ?

Cette critique est aussi judicieuse que celle

de quelques perſonnes qui prétendirent qu'il n'étoit pas *honnête* de dire que ce Général étoit dangereuſement malade, lorſqu'en effet ſon courage lui fit oublier l'état douloureux où il étoit réduit, & le fit triompher de la faibleſſe de ſon corps ainſi que des ennemis du Roi.

Voilà tout ce que la bienſéance en général permet qu'on réponde à ceux qui en ont manqué.

L'Auteur n'a eu d'autre vûe que de rendre fidélement ce qui étoit venu à ſa connoiſſance, & ſon ſeul regret eſt de n'avoir pû, dans un ſi court eſpace de tems, & dans une piéce de ſi peu d'étendue, célébrer toutes les belles actions dont il a depuis entendu parler ; il ne pouvoit dire tout ; mais au moins ce qu'il a dit eſt vrai ; la moindre flatterie eût déshonoré un ouvrage fondé ſur la gloire du Roi & ſur celle de la Nation. Le plaiſir de dire la vérité l'occupoit ſi entiérement, que ce ne fut qu'après ſix éditions qu'il envoya ſon ouvrage à la plûpart de ceux qui y ſont célébrés.

Tous ceux qui ſont nommés n'ont pas eu

les occasions de se signaler également. Celui qui, à la tête de son Régiment, attendoit l'ordre de marcher, n'a pû rendre le même service qu'un Lieutenant-Général qui étoit à portée de conseiller de fondre sur la colomne Angloise, & qui partit pour la charger avec la Maison du Roy. Mais si la grande action de l'un mérite d'être rapportée, le courage impatient de l'autre ne doit pas être oublié. Tel est loué en général sur sa valeur, tel autre sur un service rendu ; on a parlé des blessures des uns, on a déploré la mort des autres.

Ce fut une justice que rendit le célébre M. Despreaux à ceux qui avoient été de l'expédition du passage du Rhin. Il cite près de vingt noms, il y en a ici plus de soixante; & on en trouveroit quatre fois davantage si la nature de l'Ouvrage le comportoit.

Il feroit bien étrange qu'il eût été permis à Homere, à Virgile, au Tasse, de décrire les blessures de mille Guerriers imaginaires, & qu'il ne le fût pas de parler des Héros véritables qui viennent de prodiguer leur sang, & parmi lesquels il y en a plusieurs avec qui l'Auteur avoit eu l'honneur de vivre, & qui lui ont laissé de sinceres regrets.

L'attention scrupuleuse, qu'on a apportée dans cette édition, doit servir de garant de tous les faits qui sont énoncés dans le Poëme Il n'en est aucun qui ne doive être cher à la nation, & à toutes les familles qu'ils regardent. En effet, qui n'est touché sensiblement en lisant le nom de son fils, de son frere, d'un parent cher, d'un ami tué ou blessé, ou exposé dans cette Bataille qui sera célébre à jamais; en lisant, dis-je, ce nom dans un Ouvrage, qui tout faible qu'il est, a été honoré plus d'une fois des regards du Monarque, & que Sa Majesté n'a permis qu'il lui fût dédié, que parce qu'Elle a oublié son éloge en faveur de celui des Officiers qui ont combattu & vaincu sous ses ordres.

C'est donc moins en Poëte qu'en bon Citoyen qu'on a travaillé. On n'a point cru devoir orner ce Poëme de longues fictions, surtout dans la premiere chaleur du Public, & dans un tems où l'Europe n'étoit occupée que des détails intéressans de cette victoire importante, achetée par tant de sang.

La fiction peut orner un sujet ou moins grand, ou moins intéressant, ou, qui placé plus lein de nous, laisse l'esprit plus tranquille. Ainsi, lorsque Despréaux s'égaya dans sa description du Passage du Rhin, c'étoit trois mois après l'action ; & cette action, toute brillante qu'elle fut, n'est à comparer ni pour l'importance, ni pour le danger, à une Bataille rangée, gagnée sur un Ennemi habile, intrépide, & supérieur en nombre, par un Roy exposé, ainsi que son fils, pendant quatre heures au feu de l'artillerie.

Ce n'est qu'après s'être laissé emporter aux premiers mouvemens de zele, après s'être attaché uniquement à louer ceux qui ont si bien servi la Patrie dans ce grand jour, qu'on s'est permis d'insérer, dans le Poëme, un peu de ces fictions qui affaibliroient un tel sujet si on vouloit les prodiguer ; & on ne dit ici en prose que ce que M. Adisson lui-même a dit en vers dans son fameux Poëme de la campagne d'Hoshted.

On peut, deux mille ans après la guerre de Troye, faire apporter par Vénus à Enée des Armes que Vulcain a forgées, & qui rendent ce héros invulnérable; on peut lui faire rendre son Epée par une Divinité, pour la plonger dans le sein de son ennemi. Tout le Conseil des Dieux peut s'assembler, tout l'Enfer peut se déchaîner; Aleсton peut enyvrer tous les esprits des venins de sa rage: mais ni notre Siécle, ni un Evenement si récent, ni un ouvrage si court ne permettent gueres ces peintures devenues les lieux communs de la Poësie. Il faut pardonner à un Citoyen pénétré, de faire parler son cœur plus que son imagination, & l'Auteur avoue qu'il s'est plus attendri en disant:

Tu meurs, jeune Craon, que le Ciel moins severe
Veille sur les destins de ton généreux frere!

que s'il avoit évoqué les Euménides, pour faire ôter la vie à un jeune Guerrier aimable.

Il faut des Divinités dans un Poëme épique, & surtout quand il s'agit de Héros fabuleux. Mais ici le vrai Jupiter, le vrai Mars, c'eſt un Roy tranquille dans le plus grand danger, & qui hazarde ſa vie pour un peuple dont il eſt le pere. C'eſt lui, c'eſt ſon fils, ce ſont ceux qui ont vaincu ſous lui, & non Junon & Juturne qu'on a voulu & qu'on a dû peindre. D'ailleurs le petit nombre de ceux qui connoiſſent notre Poëſie, ſavent qu'il eſt bien plus aiſé d'intéreſſer le Ciel, les Enfers & la Terre à une Bataille, que de faire reconnaître & de diſtinguer, par des images propres & ſenſibles, des Carabiniers qui ont de gros Fuſils rayés, des Grenadiers, des Dragons qui combattent à pied & à cheval, de parler de retranchemens faits à la hâte, d'ennemis qui s'avancent en colomne, d'exprimer enfin ce qu'on n'a gueres dit encore en Vers.

C'étoit ce que penſoit M. Adiſſon, bon Poëte & Critique judidicieux. Il employa dans ſon Poëme qui a immortaliſé la Campagne d'Hoshted, beaucoup moins de fictions qu'on ne s'en eſt permis dans le Poëme de Fontenoy. Il ſavoit que le Duc de Malbouroug & le Prince Eugêne, ſe ſeroient très-peu ſouciés de voir des Dieux,

Dieux, où il étoit queſtion des grandes actions des hommes. Il ſavoit qu'on releve par l'invention, les exploits de l'antiquité, & qu'on court riſque d'affaiblir ceux des modernes par de froides allégories: il a fait mieux, il a intéreſſé l'Europe entiere à ſon action.

Il en eſt à peu près de ces petits Poëmes de trois cens ou de quatre cens vers ſur les affaires préſentes, comme d'une Tragédie: le fond doit être intéreſſant par lui même, & les ornemens étrangers ſont preſque toûjours ſuperflus.

On a dû ſpécifier les différens Corps qui ont combattu, leurs armes, leur poſition, l'endroit où ils ont attaqué, dire que la colomne Anglaiſe a pénétré, exprimer comment elle a été enfoncée par la Maiſon du Roy, les Carabiniers, la Gendarmerie, le Régiment de Normandie, les Irlandais, &c. Si on n'étoit pas entré dans ces détails dont le fonds eſt ſi héroïque, & qui ſont cependant ſi difficiles à rendre, rien ne diſtingueroit la Bataille de Fontenoy d'avec celle de Tolbiac. M. Deſpréaux dans le paſſage du Rhin a dit;

Revel les suit de près ; sous ce Chef redouté,
Marche des Cuirassiers l'escadron indompté.

On a peint ici les Carabiniers au lieu de les appeller par leur nom, qui convient encore moins aux Vers que celui de Cuirassiers. On a même mieux aimé, dans cette derniere édition, caractériser les fonctions de l'Etat Major, que de mettre en Vers les noms des Officiers de ce Corps qui ont été blessés, & ces noms ont été reportés dans les Notes.

Cependant on a osé appeller *la Maison du Roy* par son nom, sans se servir d'aucune autre image. Ce nom de *Maison du Roy* qui contient tant de Corps invincibles, imprime une assez grande idée, sans qu'il soit besoin d'autre figure. M. Adisson même ne l'appelle pas autrement. Mais il y a encore une autre raison de l'avoir nommée, c'est la rapidité de l'action.

Vous, peuple de Héros, dont la foule s'avance,
Louis, son Fils, l'Etat, l'Europe est en vos mains.
Maison du Roi, marchez, &c.

Si on avoit dit *la Maison du Roy marche*, cette expression eût été prosaïque & languissante.

On n'a pas voulu s'écarter un moment, dans cet Ouvrage, de la gravité du ſujet. Deſpréaux il eſt vrai, en traitant le paſſage du Rhin dans le goût de quelques-unes de ſes Epitres, a joint le plaiſant à l'héroïque; car après avoir dit:

Un bruit s'épand qu'Enguien & Condé ſont paſſés,
Condé, dont le ſeul nom fait tomber les murailles,
Force les Eſcadrons, & gagne les Batailles,
Enguien, de ſon hymen, le ſeul & digne fruit, &c.

Il s'exprime enſuite ainſi:

Bien-tôt.... Mais Vurts s'oppoſe à l'ardeur qui m'anime;
Finiſſons; il eſt temps, auſſi-bien, ſi la rime
Alloit, mal-à-propos, m'engager dans Arneim,
Je n'en ſai, pour ſortir, de porte qu'Hildesheim.

Les perſonnes qui ont parû ſouhaiter qu'on employât dans le récit de la victoire de Fontenoy quelques traits de ce ſtile familier de Boileau, n'ont pas, ce me ſemble, aſſez diſtingué les lieux & les tems, & n'ont pas fait la différence qu'il faut faire entre une Epitre & un ouvrage d'un ton plus ſérieux & plus ſévere; ce qui a de la grace dans le genre épiſtolaire ne ſeroit pas convenable dans le genre héroïque.

On n'en dira pas davantage ſur ce qui regarde l'art & le goût, à la tête d'un ouvrage, où il s'agit des plus grands intérêts, & qui ne doit remplir l'eſprit que de la gloire du Roy, & du bonheur de la Patrie.

LE POËME DE FONTENOY,

QUOY, du ſiecle paſſé le fameux ſatirique,
Aura fait retentir la trompette héroïque,
Aura chanté du Rhin les bords enſanglantés,
Ses défenſeurs mourans, ſes flots épouvantés,
Son Dieu même en fureur effrayé du paſſage,
Cédant à nos ayeux ſon onde & ſon rivage ?
Et vous, quand votre Roy, dans des Plaines de ſang,
Voit la mort devant lui voler de rang en rang ;
Tandis que de Tournay foudroyant les murailles,
Il ſuſpend les aſſauts pour courir aux Batailles,
Quand des bras de l'himen s'élançant au Trépas,
Son Fils, ſon digne Fils ſuit de ſi près ſes pas ;
Vous, heureux par ſes loix, & grands par ſa vaillance,
Français, vous garderiez un indigne ſilence ?

VENEZ le contempler aux Champs de Fontenoy.
O vous, Gloire, Vertu, Déesses de mon Roi,
Redoutable Bellone & Minerve chérie,
Passion des grands cœurs, amour de la Patrie,
Pour couronner LOUIS prêtez-moi vos lauriers;
Enflâmez mon esprit du feu de nos Guerriers;
Peignez de leurs exploits une éternelle image:
Vous m'avez transporté sur ce sanglant rivage,
J'y vois ces Combattans que vous conduisez tous;
C'est-là ce fier Saxon [1] qu'on croit né parmi nous,
Maurice qui touchant à l'infernale rive,
Rappelle pour son Roi son ame fugitive,
Et qui demande à Mars, dont il a la valeur,
De vivre encore un jour & de mourir vainqueur.
Conservez, justes cieux, ses hautes destinées,
Pour LOUIS & pour nous prolongez ses années.

DEJA de la tranchée [2] Harcourt est accouru;
Tout poste est assigné, tout danger est prévu;
Noailles [3] pour son Roy plein d'un amour fidele,
Voit la France en son Maître & ne regarde qu'elle.

1 Le Comte Maréchal de Saxe, dangereusement malade, étoit porté dans une gondole d'osier, quand ses douleurs & sa foiblesse l'empêchoient de se tenir à cheval. Il dit au Roi, qui l'embrassa, après le gain de la Bataille, les mêmes choses qu'on lui fait penser ici.

2 M. le Duc d'Harcourt avoit investi Tournay.

3 Maréchal de France.

Ce ſang de tant de Rois, ce ſang du grand Condé,
D'Eu, [4] par qui des Français le Tonnerre eſt guidé,
Pentievre, [5] dont le zéle avoit devancé l'âge,
Qui déja vers le Mein ſignala ſon courage,
Baviere avec de Pons, Bouflers & Luxembourg,
Vont, chacun dans leur place, attendre ce grand jour;
Chacun porte l'eſpoir aux Guerriers qu'il commande.
Le fortuné Danoy, [6] Chabannes, Galerande,
Le vaillant Berenger, ce défenſeur du Rhin,
Colbert & du Chaila, tous nos Héros enfin, [7]
Dans l'horreur de la nuit, dans celle du ſilence,
Demandent ſeulement que le péril commence.

Le jour frappe déja de ſes rayons naiſſans
De vingt Peuples unis les Drapeaux menaçans;
Le Belge qui, jadis, fortuné ſous nos Princes,
Vit l'abondance alors enrichir ſes Provinces:
Le Batave prudent, dans l'Inde reſpecté,
Puiſſant par ſon travail & par ſa liberté,
Qui, long-temps opprimé par l'Autriche cruelle;
Ayant briſé ſon joug, s'arme aujourd'hui pour elle;
L'Hanovrien conſtant, qui formé pour ſervir,
Sait ſouffrir & combattre, & ſur tout obéir;

4 Grand Maître de l'Artillerie.

5 Il s'étoit ſignalé à la Bataille de Dettingue.

6 M. de Danoy fut retiré par ſa nourrice d'une foule de morts & de mourans ſur le champ de Malplaquet, deux jours après la Bataille. C'eſt un fait certain : cette femme vint avec un Paſſeport, accompagnée d'un Sergent du Régiment du Roi, dans lequel étoit alors cet Officier.

7 Les Lieutenans Généraux chacun à leur Diviſion.

L'Autrichien rempli de ſa gloire paſſée,
De ſes derniers Céſars occupant ſa penſée;
Sur tout, ce Peuple altier qui voit ſur tant de mers
Son commerce & ſa gloire embraſſer l'Univers,
Et qui, jaloux en vain, des grandeurs de la France,
Croit porter dans ſes mains la foudre & la balance.
Tous marchent contre nous: la Valeur les conduit,
La Haine les anime, & l'Eſpoir les ſéduit.
De l'Empire Français l'indomptable Génie,
Brave, auprès de ſon Roi, leur foule réunie.
Des montagnes, des bois, des fleuves d'alentour,
Tous les Dieux allarmés ſortent de leur ſéjour;
Incertains pour quel Maître en ces Plaines fécondes
Vont craître leurs moiſſons, & vont couler leurs ondes,
La Fortune auprès d'eux, d'un vol prompt & leger,
Les Lauriers dans les mains, fend les plaines de l'air;
Elle obſerve LOUIS, & voit avec colere
Que ſans elle aujourd'hui la Valeur va tout faire.
Le brave Cumberland, fier d'attaquer LOUIS,
A déja diſpoſé ſes bataillons hardis:
Tels ne parurent point aux rives du Scamandre,
Sous ces murs ſi vantés que Pyrrus mit en cendre,
Ces antiques Héros qui montés ſur un char,
Combattoient en déſordre, & marchoient au hazard:
Mais tel fut Scipion ſous les murs de Cartage,
Tels ſon rival & lui prudens avec courage,

Déployant de leur art les terribles secrets,
L'un vers l'autre avancés s'admiroient de plus près.

L'Escaut, les Ennemis, les remparts de la Ville,
Tout présente la mort, & Louis est tranquille.
Cent tonneres de bronze ont donné le signal.
D'un pas ferme & pressé, d'un front toûjours égal,
S'avance vers nos rangs la profonde colomne
Que la terreur devance, & la flamme environne,
Comme un nuage épais qui sur l'aîle des vents,
Porte l'éclair, la foudre, & la mort dans ses flancs.
Les voilà ces rivaux du grand nom de mon Maître,
Plus farouches que nous, aussi vaillans peut-être,
Encor tout orgueilleux de leurs premiers exploits;
Bourbons! voici le tems de venger les Valois.

Dans un ordre effrayant, trois attaques formées
Sur trois terrains divers engagent les Armées;
Le Français, dont Maurice a gouverné l'ardeur,
A son poste attaché, joint l'art à la valeur.
La Mort, sur les deux Camps, étend sa main cruelle,
Tous ses traits sont lancés, le sang coule au tour d'elle.
Chefs, Officiers, Soldats, l'un sur l'autre entassés,
Sous le fer expirans, par le plomb renversés,
Poussent les derniers cris en demandant vengeance.
* Grammont que signaloit sa noble impatience,
Grammont dans l'Elisée emporte la douleur
D'ignorer en mourant si son Maître est vainqueur.

De quoy lui serviront ces grands titres [8] de gloire,
Ce Sceptre des Guerriers, honneur de sa mémoire?
Ce rang, ces dignités, vanités des Héros,
Que la Mort, avec eux, précipite aux tombaux?
Tu meurs, jeune Craon. [9] Que le Ciel moins sévere
Veille sur les destins de ton généreux frere!
Hélas! cher Longaunay, [10], quelle main, quel secours
Peut arrêter ton sang, & ranimer tes jours?
Ces Ministres de Mars, [11] qui d'un vol si rapide,
S'élançoient à la voix de leur Chef intrépide,
Sont, du plomb qui les suit, dans leur course arrêtés;
Tels que des champs de l'air tombent précipités,
Des oiseaux tout sanglans palpitans sur la terre.
Le fer atteint d'Avray. [12] Le jeune Daubetere
Voit de sa légion tous les Chefs indomptés,
Sous le glaive & le feu mourans à ses côtés.
Guerriers, que Chabrillant avec Brancas rallie,
Que d'Anglais immolés vont payer votre vie!
Je te rends grace, ô Mars! Dieu de sang, Dieu cruel;
La race de Colbert, [13] ce Ministre immortel,

8 Il alloit être Maréchal de France.

9 Dix-neuf Officiers du Régiment de Hainault ont été tués ou blessés. Son frere le Prince de Beauvau, sert en Italie.

10 M. de Longaunay, Colonel de nouveaux Grénadiers, mort depuis de ses blessures.

11 Officiers de l'Etat-Major. Mrs. de Puisegur, de Meziere, de S. Sauveur. De Saint George.

12 Le Duc d'Avray, Colonel du Régiment de la Couronne.

13 M. de Croissy avec ses deux enfans, & son neveu M. Duplessis-Châtillon blessé légerement.

Echappe en ce carnage à ta main ſanguinaire;
Guerchy [14] n'eſt point frappé, la vertu peut te plaire;
Mais vous brave [15] Daché, quel ſera votre ſort?
Le Ciel ſauve, à ſon gré, donne & ſuſpend la mort.
Infortuné Luttaux! tout chargé de bleſſures,
L'art qui veille à ta vie, ajoûte à tes tortures,
Tu meurs dans les tourmens; nos cris mal entendus
Te demandent au Ciel, & déja tu n'es plus.

O combien de vertus que la tombe dévore!
Combien de jours brillans éclipſés à l'aurore!
Que nos lauriers ſanglans doivent couter de pleurs!
Ils tombent ces Héros, ils tombent ces vengeurs,
Ils meurent, & nos jours ſont heureux & tranquilles;
La molle volupté, le luxe de nos Villes,
Filent ces jours ſerains, ces jours que nous devons
Au ſang de nos Guerriers, aux périls des Bourbons.
Couvrons du moins de fleurs ces tombes glorieuſes,
Arrachons à l'oubli ces ombres vertueuſes;
Vous [16] qui lanciez la foudre, & qu'ont frappé ſes coups,
Revivez dans nos chants quand vous mourez pour nous.

14 Tous les Officiers de ſon Régiment Royal des Vaiſſeaux, hors de combat; lui ſeul ne fut point bleſſé.

15 M. Daché (*on l'écrit* Dapchier) Lieutenant Général. M. de Luttaux, Lieutenant Général, mort dans les operations du traitement de ſes bleſſures.

16 M. Du Brocard, Maréchal de Camp, commandant l'Artillerie.

Eh quel seroit, grand Dieu ! le Citoyen barbare,
Prodigue de censure, & de louange avare,
Qui peu touché des morts & jaloux des vivans,
Leur pourroit envier mes pleurs & mon encens ?
Ah ! s'il est parmi nous des cœurs dont l'indolence,
Insensible aux grandeurs, aux pertes de la France,
Dédaigne de m'entendre & de m'encourager,
Réveillez-vous, ingrats ; Louis est en danger.

Le feu qui se déploye & qui dans son passage,
S'anime en dévorant l'aliment de sa rage,
Les torrens débordés dans l'horreur des hyvers,
Le flux impetueux des menaçantes mers,
Ont un cours moins rapide, ont moins de violence
Que l'épais bataillon qui contre nous s'avance ;
Qui triomphe en marchant ; qui, le fer à la main,
A travers les mourans s'ouvre un large chemin.
Rien n'a pû l'arrêter, Mars pour lui se déclare !
Le Roy voit le malheur, le brave & le répare.
Son fils, son seul espoir... Ah ! cher Prince, arrêtez,
Où portez-vous ainsi vos pas précipités ?
Conservez cette vie au monde nécessaire.
Louis craint pour son fils, [17] le fils craint pour son pere ;

17 Un boulet de canon couvrit de terre un homme entre le Roi & Monseigneur le Dauphin ; & un domestique de M. le Comte d'Argenson fut atteint d'une balle de fusil derriere eux.

Nos Guerriers tous ſanglans frémiſſent pour tous deux,
Seul mouvement d'effroy dans ces cœurs généreux.
Vous,[18] qui gardez mon Roi, vous, qui vangez la France,
Vous, peuple de Héros dont la foule s'avance,
Accourez, c'eſt à vous de fixer les deſtins ;
Louis, ſon Fils, l'Etat, l'Europe eſt en vos mains.
Maiſon du Roy ! marchez, aſſurez la victoire,
Soubiſe & Peiquigny [19] vous menent à la gloire.
Paroiſſez, vieux Soldats,[20] dont les bras éprouvés
Lancent de loin la mort que de près vous bravez.
Venez, vaillante élite, honneur de nos Armées,
Partez, fleches de feu, grenades [21] enflammées,
Phalanges de Louis, écraſez ſous vos coups
Ces Combattans ſi fiers & ſi dignes de vous.
Richelieu, qu'en tous lieux, emporte ſon courage,
Ardent, mais éclairé, vif à la fois & ſage,
Favori de l'Amour, de Minerve & de Mars,
Richelieu[22] vous appelle, il n'eſt plus de hazards ;

18 Les Gardes, les Gendarmes, les Chevaux-Légers, les Mouſquetaires, ſous M. de Monteſſon, Lieutenant Général. Deux Bataillons des Gardes Françaiſes & Suiſſes, &c.

19 M. le Prince de Soubiſe prit ſur lui de ſeconder M. le Comte de la Marke, dans la défenſe obſtinée du poſte d'Antoin ; il alla enſuite ſe mettre à la tête des Gendarmes, comme M. de Peiquigny à la tête des Chevaux-Legers, ce qui contribua beaucoup au gain de la Bataille.

20 Carabiniers, corps inſtitué par Louis XIV. il tire avec des Carabines rayées. On ſait avec quel éloge le Roi les a nommés dans ſa Lettre.

21 Grenadiers à cheval commandés par M. le Chevalier de Grille ; ils marchent à la tête de la Maiſon du Roy.

22 Un Miniſtre d'Etat, qui n'a point quitté le Roi pendant la Bataille, a écrit ces propres mots : *C'eſt M. de Richelieu qui a donné ce Conſeil, & qui l'a exécuté.*

Il vous appelle : Il voit d'un œil prudent & ferme
Des ſuccès ennemis, & la cauſe & le terme ;
Il vole, & ſa vertu ſecondant vos grands cœurs,
Il vous marque la place où vous ſerez vainqueurs.

D'un rempart de gazon, foible & prompte barriere,
Que l'art oppoſe à peine à la fureur guerriere,
La Marke,[23] Lavauguion,[24] Choiſeuil d'un même effort,
Arrêtent une Armée & repouſſent la mort.
Dargenſon qu'enflammoient les regards de ſon pere,
La gloire de l'Etat, à tous les ſiens ſi chere,
Le danger de ſon Roy, le ſang de ſes ayeux,
Aſſaillit par trois fois ce corps audacieux,
Cette maſſe de feu qui ſemble impénétrable :
On l'arrête, il revient, ardent, infatigable :
Ainſi qu'aux premiers temps, par leurs coups redoublés,
Les bèliers enfonçoient les remparts ébranlés.

Ce brillant eſcadron, [25] fameux par cent batailles ;
Lui, par qui Catinat fut vainqueur à Marſailles,
Arrive, voit, combat, & ſoûtient ſon grand nom.
Tu ſuis du Chaſtellet, jeune Caſtelmoron ;[26]

23 M. le Comte de la Marke au poſte d'Antoin.

24 Mrs. de la Vauguyon, Choiſeuil-Meuſe, &c. aux Retranchemens faits à la hâte dans le village de Fontenoy. M. de Crequi n'étoit point à ce poſte, comme on l'avoit dit d'abord, mais à la tête des Carabiniers.

25 Quatre eſcadrons de la Gendarmerie arrivoient après ſept heures de marche, & attaquerent.

26 Un Cheval fougueux avoit emporté le Porte-Etendart dans la Colomne Anglaiſe, M. de Caſtelmoron, âgé de 15 ans, lui cinquiéme, alla le reprendre au milieu du Camp des ennemis. M. de Bellet commandoit ces Eſcadrons de la Gendarmerie ; il y eut un cheval tué ſous lui, auſſi-bien que M. de Chimenes, en reformant une Brigade.

Toy, qui touches encore à l'âge de l'enfance,
Toy, qui d'un faible bras qu'affermit ta vaillance,
Reprends ces étendarts déchirés & ſanglans,
Que l'orgueilleux Anglais emportoit dans ſes rangs:
C'eſt dans ces rangs affreux que Chevrier expire;
Monaco perd ſon ſang, & l'amour en ſoupire.
Anglais, ſur Dugueſclin deux fois tombent vos coups,
Frémiſſez à ce nom ſi funeſte pour vous.

Mais quel brillant Héros, au milieu du carnage,
Renverſé, relevé, s'eſt ouvert un paſſage?
Biron, [27] tels on voyoit dans les plaines d'Ivry,
Tes immortels Ayeux ſuivre le Grand Henry.
Tel étoit ce Crillon, chargé d'honneurs ſuprêmes,
Nommé brave autrefois par les braves eux-mêmes,
Tels étoient ces d'Aumonts, ces grands Montmorencis,
Ces Crequis généreux renaiſſans dans leurs fils. [28]
Tel ſe forma Turenne au grand art de la guerre,
Près d'un autre [29] Saxon la terreur de la terre,
Quand la Juſtice & Mars, ſous un autre Louis,
Frappoient l'Aigle d'Autriche & relevoient les Lys.

Comment ces Courtiſans, doux, enjoués, aimables,
Sont-ils dans les combats des Lions indomptables?

27 M. le Duc de Biron eut le commandement de l'Infanterie quand M. de Luttaux fut hors de combat; il chargea ſucceſſivement à la tête de preſque toutes les Brigades.

28 M. de Luxembourg, M. de Logni, & M. de Tingri.

29 Le Duc de Saxe Weimar, ſous qui le Vicômte de Turenne fit ſes premieres Campagnes. M. de Turenne eſt arriere-neveu de ce grand homme.

Quel aſſemblage heureux de graces, de valeur !
Bouflers, Meuze, d'Ayen, Duras bouillant d'ardeur ;
A la voix de LOUIS, courez, troupe intrépide.
Que les Français ſont grands quand leur Maître les guide !
Ils l'aiment, ils vaincront, leur pere eſt avec eux,
Son courage n'eſt point cet inſtinct furieux,
Ce courroux emporté, cette valeur commune ;
Maître de ſon eſprit, il l'eſt de la Fortune,
Rien ne trouble ſes ſens, rien n'éblouit ſes yeux :
Il marche, il eſt ſemblable à ce Maître des Dieux,
Qui, frappant les Titans, & tonnant ſur leurs têtes,
D'un front majeſtueux dirigeoit les tempêtes ;
Il marche, & ſous ſes coups la terre au loin mugit,
L'Eſcaut fuit, la Mer gronde, & le Ciel s'obſurcit.

SUR un nuage épais que des antres de l'Ourſe
Les vents affreux du Nord aportent dans leur courſe,
Les Vainqueurs des Valois deſcendent en courroux :
CUMBERLAND, diſent-ils, nous n'eſpérons qu'en vous ;
Courage, raſſemblez vos légions altiéres,
Bataves, revenez, défendez vos barrieres ;
Anglais, vous que la paix ſembloit ſeule allarmer,
Vangez-vous d'un Héros qui daigne encor l'aimer ;
Ainſi que ſes bienfaits craindrez-vous ſa Vaillance ?
Mais ils parlent en vain, lorſque LOUIS s'avance ;

Leur génie est dompté, l'Anglais est abattu,
Et la férocité [30] le céde à la vertu.

Clare avec l'Irlandais, qu'animent nos exemples,
Venge ses Rois trahis, sa Patrie & ses Temples.
Peuple sage & fidéle, heureux Helvétiens, [31]
Nos antiques amis, & nos concitoyens,
Votre marche assurée, égale, inébranlable;
Des ardens Neustriens [32] suit la fougue indomptable;
Ce Danois, [33] ce Héros, qui des frimats du Nord,
Par le Dieu des combats fut conduit sur ce bord,
Admire les Français qu'il est venu défendre.
Mille cris redoublés près de lui font entendre,
Rendez-vous, ou mourez, tombez sous notre effort.
C'en est fait, & l'Anglais craint Louis & la mort.

Allez, brave d'Estrée, [34] achevez cet ouvrage,
Enchaînez ces vaincus échapés au carnage;

30 Ce reproche de férocité ne tombe que sur le soldat, & non sur les Officiers, qui sont aussi généreux que les nôtres. On m'a écrit que lorsque la Colomne Anglaise déborda Fontenoy, plusieurs soldats de ce corps crioient, *no quarter, no quarter*, point de quartier.

31 Les Régimens de Diesbak & de Betens, de Courten, &c. avec des Bataillons des Gardes Suisses.

32 Le Régiment de Normandie, qui revenoit à la charge sur la colomne Anglaise, tandis que la Maison du Roi, la Gendarmerie, les Carabiniers, &c. fondoient sur elle.

33 M. de Lovendal.

34 M. le Comte d'Estrée à la tête de sa Division, & M. de Brionne à la tête de son Régiment, avoient enfoncé les Grenadiers Anglais, le sabre à la main.

Que du Roy qu'ils bravoient ils implorent l'appui ;
Ils seront fiers encore, ils n'ont cédé [35] qu'à lui.

Bien-tôt vole après eux ce corps fier & rapide, [36]
Qui semblable au Dragon qu'il eut jadis pour guide,
Toujours prêt, toûjours prompt, de pied ferme, en courant,
Donne de deux combats le spectacle effrayant.
C'est ainsi que l'on voit dans les Champs des Numides,
Différemment armés des chasseurs intrépides ;
Les coursiers écumans franchissent les guerets,
On gravit sur les monts, on borde les forêts ;
Les piéges sont dressés, on attend, on s'élance,
Le javelot fend l'air, & le plomb le devance ;
Les Léopards sanglans percés de coups divers,
D'affreux rugissemens font retentir les airs ;
Dans le fonds des forests il vont cacher leur rage.

Ah! c'est assez de sang, de meurtre, de ravage,
Sur des morts entassés c'est marcher trop long-tems.
Noailles [37] ramenez vos Soldats triomphans ;
Mars voit avec plaisir leurs mains victorieuses

35 Depuis S. Louis, aucun Roi de France n'avoit battu les Anglais en personne, en bataille rangée.

36 On envoya quelques Dragons à la poursuite : Ce corps étoit commandé par M. le Duc de Chevreuse, qui s'étoit distingué au combat de Sahy, où il avoit reçu trois blessures. L'opinion la plus vraisemblable sur l'origine du mot *Dragon*, est qu'ils porterent un Dragon dans leurs Etendarts sous le Maréchal de Brissac, qui institua ce Corps dans les guerres du Piémont.

37 Le Comte de Noailles attaqua de son côté la colonne d'Infanterie Anglaise avec une Brigade de Cavalerie, qui prit ensuite des Canons.

Traîner dans notre Camp ces machines affreuses,
Ces foudres ennemis contre nous dirigés.
Venez lancer ces traits que leurs mains ont forgés ;
Qu'ils renversent par vous les murs de cette Ville ;
Du Batave indécis la Barriere & l'asile,
Ces premiers [38] fondemens de l'Empire des Lis,
Par les mains de mon Roy pour jamais affermis.
Déja Tournay se rend, déja Gand s'épouvante,
Charlesquint s'en émeut ; son ombre gémissante
Pousse un cri dans les airs, & fuit de ce séjour,
Où pour vaincre autrefois le Ciel le mit au jour ;
Il fuit : Mais quel objet pour cette ombre allarmée !
Il voit la Flandre entiere en proie à notre Armée,
Ses pâles Défenseurs fuyant de toutes parts,
Dans les mains de LOUIS laissant leurs Etendarts.
Le Belge en vain caché dans ses Villes tremblantes,
Les murs de Gand tombés sous ses mains foudroyantes ;
Son Char victorieux en ces vastes remparts, [39]
Ecrasant le berceau du plus grand des Césars ; [40]
Ostende qui, jadis, a durant trois années [41]
Bravé de cent assauts les fureurs obstinées,

38 Tournay principale Ville des Français sous la premiere race, dans laquelle on a trouvé le tombeau de Childeric.

39 La Ville de Gand soumise à Sa Majesté le 11 Juillet, après la défaite d'un corps d'Anglais par M. du Chaila, à la tête des Brigades de Crillon & de Normandie, le Régiment de Graffin, &c.

40 Des Césars modernes.

41 Elle fut prise en 1604. par Ambroise Spinola, après trois ans & trois mois de siége.

En dix jours à LOUIS cédant ſes murs ouverts ;
Et l'Anglais frémiſſant ſur le Trône des Mers,

Français, heureux Français, peuple doux & terrible ;
C'eſt peu qu'en vous guidant LOUIS ſoit invincible ;
C'eſt peu que le front calme, & la mort dans les mains,
Il ait lancé la foudre avec des yeux ſerains ;
C'eſt peu d'être vainqueur, il eſt modeſte & tendre ;
Il honore de pleurs le ſang qu'il fit répandre ;
Entouré des Héros qui ſuivirent ſes pas,
Il prodigue l'éloge, & ne le reçoit pas ;
Il veille ſur des jours hazardés pour lui plaire :
Le Monarque eſt un homme, & le Vainqueur un pere ;
Ces captifs tout ſanglans portés par nos ſoldats,
Par leur main triomphante arrachés au trépas,
Après ces jours de ſang, d'horreur & de furie,
Ainſi qu'en leurs foyers au ſein de leur patrie,
Des plus tendres bienfaits éprouvent les douceurs ;
Conſolés, ſecourus, ſervis par leurs vainqueurs :
O grandeur véritable ! O victoire nouvelle !
Eh ! Quel cœur enivré d'une haine cruelle,
Quel farouche ennemi peut n'aimer pas mon Roi,
Et ne pas ſouhaiter d'être né ſous ſa Loi ?
Il étendra ſon bras, il calmera l'Empire.

DEJA Vienne ſe tait, déja Londre l'admire ;

La Baviere confuſe au bruit de ſes exploits,
Gémit d'avoir quitté le protecteur des Rois;
Naple eſt en ſûreté, Turin dans les allarmes;
Tous les Rois de ſon ſang triomphent par ſes armes;
Et de l'Ebre à la Seine en tous lieux on entend:
LE PLUS AIMÉ DES ROIS EST AUSSI LE PLUS GRAND.
Ah! qu'on ajoute encore à ce titre ſuprême,
Ce nom ſi cher au monde & ſi cher à lui-même,
Ce prix de ſes vertus qui manque à ſa valeur,
Ce titre auguſte & ſaint de PACIFICATEUR;
Que de ces jours ſi beaux de qui nos jours dépendent,
La courſe ſoit tranquille, & les bornes s'étendent.
Ramenez ce Héros, ô vous qui l'imitez,
Guerriers qu'il vit combattre & vaincre à ſes côtez:
Les palmes dans les mains nos Peuples vous attendent;
Nos cœurs volent vers vous, nos regards vous demandent;
Vos meres, vos enfans, à vos deſirs rendus,
De vos périls paſſés encor tout éperdus,
Vont baigner dans l'excès d'une ardente allegreſſe,
Vos fronts victorieux de larmes de tendreſſe:
Accourez, recevez à votre heureux retour,
Le prix de la Vertu par les mains de l'Amour.

FIN.

A MONSIEUR DE VOLTAIRE, HISTORIOGRAPHE DE FRANCE.

Par M. DE ***. *de l'Académie des Sciences, des Belles-Lettres & Arts de Rouen.*

VOs Vers avoient d'Henri consacré la clémence ;
Et vos récits de Charle assuroient les lauriers :
C'étoit vous enhardir à montrer à la France,
Dans le meilleur des Rois, le plus grand des Guerriers.

QUEL Dieu, vous élevant à sa gloire suprême,
En fait luire un rayon sur votre front chéri ?
Un Roy qui vous permet de le chanter lui-même,
Un Roy plus craint que Charle, & plus aimé qu'Henri.

SUIVEZ ses pas, entrez au Temple de Mémoire ;
Forcez, en y gravant ses glorieux succès,
Vienne à les admirer, l'avenir à les croire ;
Ecrivez : LOUIS marche, il conduit les Français.

DÉESSE des Héros, Renommée immortelle,
O toi ! qui pour LOUIS fis parler tes cent voix,
Revole ſur la Flandre où ſa gloire t'appelle ;
Il va qu'itter Tournay pour de plus grands exploits.

SUR la rive prochaine il a porté la foudre,
Et l'Eſcaut frémiſſant, l'a vû franchir ſes eaux.
La nuit vient ; l'Ennemi veille pour ſe réſoudre ;
Et LOUIS ſur la terre a le lit des Héros.

AVEC des doigts de ſang, enfin la triſte Aurore,
Ouvre à regret les Cieux aux chevaux du Soleil,
Et gémit que ce jour qu'elle preſſe d'éclore,
Pour tant d'infortunés ſoit le dernier réveil.

CES deux Camps oppoſés, qu'arma la barbarie,
Au ſignal des enfers fondent à coups preſſés :
Chaque homme eſt à chaque homme une affreuſe furie ;
Les rangs déja détruits ſont déja remplacés.

LE fer n'y ſuffit plus, & la flame qui tonne,
Acheve d'écraſer ces Héros renaiſſans ;
Rien n'échappe, tout meurt. La cruelle Bellone
Applaudit à nos arts deſtructeurs des vivans.

Mon Roy n'eſt point caché ſous l'immortelle Egide;
Ses Sujets l'entouroient, ils tombent près de lui:
La fortune balance, & notre amour décide,
Notre amour, de nos Roys l'inébranlable apui.

Comme on vit pour ces murs, qu'ils ne purent defendre,
Jadis s'armer des Dieux aux bords du Simoïs,
Tels Valdeck, Cumberland, viennent ſauver la Flandre,
Trouvent un Dieu plus fort, & cédent à Louis;

Il triomphe; il s'arrête en ſa marche ſanglante;
Il mérita de vaincre, il pardonne aux vaincus.
Non, la valeur n'eſt pas cette fureur brillante,
Qui, ſous un joug de fer, opprime les vertus;

La valeur eſt l'effort, que ſe permet le ſage,
Pour repouſſer les traits de la Témérité.
Le Héros, déſarmé par un juſte avantage,
Tend à ſon ennemi la main qui l'a domté.

Pourquoi les Nations, vainement conjurées,
Cherchoient-elles Louis aux Champs de Fontenoy?
Il les montre à ſon fils par la Mort déchirées,
Et Roy, par ce ſpectacle, inſtruit le fils d'un Roy;

VOYEZ, mon fils, voyez les horreurs de la Guerre ;
Ecoutez ces mourans, ils ſe plaignent à nous.
Hommes, de ſang humain nous ennivrons la terre ;
Et Roys, nous ſommes nés pour le bonheur de tous.

VOLTAIRE ; pour ſuffire à peindre ſa grande ame,
Il falloit vos talens : Poëte, Hiſtorien,
Excitez votre eſprit que le ſublime enflâme ;
Homere trouve Achille, il ne leur manque rien.

AH ! plûtôt que touché de tant de funérailles ;
LOUIS offre à vos chants Titus & ſes bienfaits !
Qu'entouré des beaux Arts il vienne dans Verſailles
Former ſon digne fils aux vertus de la Paix !

FIN.

DISCOURS EN VERS
SUR LES EVENEMENS de l'année 1744.

NOus verrons donc toujours des sottises en France ?
Disoit l'hyver dernier, d'un air plein d'importance,
Timon, qui, du passé profond admirateur,
Du présent qu'il ignore est l'éternel frondeur.
Pourquoi, s'écrioit-il, le Roi va-t'il en Flandre ?
Quelle étrange Vertu qui s'obstine à défendre
Les débris dangereux du Trône des *Césars*,
Contre l'Or des *Anglais*, & le Fer des *Houzards* !
Dans le jeune CONTI, quel excès de folie,
D'escalader les Monts qui gardent l'Italie :
Et d'attaquer vers *Nice* un Roi victorieux,
Sur ces Sommets glacés dont le front touche aux Cieux ?
Pour franchir ces amas des Neiges éternelles ;
Dédale à cet *Icare* a-t'il prêté ses aîles ?
A-t'il reçû, du moins, dans son dessein fatal,
Pour briser les Rochers, le secret d'*Annibal* ?

Il parle : & Conti vole. Une ardente jeunesse
Voyant peu les dangers que voit trop la vieillesse,
Se précipite en foule autour de son Héros :
Du *Var* qui s'épouvante on traverse les flots ;
De Torrens en Rochers, de Montagne en Abysme ;
Des Alpes en couroux on assiége la cime ;
On y brave la foudre : on voit de tous côtés ;
Et la Nature, & l'Art, & l'Ennemi domtés.
Conti qu'on censuroit, & que l'Univers loue ;
Est un autre Annibal qui n'a point de *Capoue*.
Critiques orgueilleux, Frondeurs, en est-ce assez ?
Avec *Nice* & *Demont* vous voilà terrassés.

Mais, tandis que sous lui les Alpes s'applanissent,
Que sur les Flots voisins les Anglais en frémissent,
Sur les bords de l'*Escaut* LOUIS fait tout trembler ;
Le *Batave* s'arrête, & craint de le troubler.
Ministres, Généraux suivent d'un même zéle,
Du Conseil aux dangers, leur Prince & leur modéle ;
Et tandis que Conty l'a si bien secondé,
Près de lui dans Clermont il retrouve un Condé.
L'Envie alors se tait, la Médisance admire ;
Zoïle, un jour du moins, renonce à la Satyre,
Et le vieux Nouvelliste, une canne à la main,
Trace, au Palais Royal, *Ypre*, *Furne* & *Menin*.

AINSI, lorſqu'à Paris, la tendre *Melpomene*
De quelque Ouvrage heureux vient embellir la ſcéne;
En dépit des ſifflets de cent Auteurs malins,
Le ſpectateur ſenſible applaudit des deux mains;
Ainſi, malgré *Buſſi*, ſes chanſons & ſa haine,
Nos Ayeux admiroient *Luxembourg* & *Turenne*.
Le Français, quelquefois, eſt léger & moqueur:
Mais toujours le mérite eut des droits ſur ſon cœur;
Son œil perçant & juſte eſt prompt à le connoître;
Il l'aime en ſon égal, il l'adore en ſon maître.
La Vertu ſur le Thrône eſt dans ſon plus beau jour,
Et l'exemple du monde en eſt auſſi l'amour.

NOUS l'avons bien prouvé, quand la Fiévre fatale,
A l'œil creux, au teint ſombre, à la marche inégale,
De ſes tremblantes mains, Miniſtre du Trépas,
Vint attaquer LOUIS au ſortir des Combats.
Jadis *Germanicus* fit verſer moins de larmes;
L'Univers éploré reſſentit moins d'alarmes,
Et goûta moins l'excès de ſa félicité,
Lorſqu'*Antonin* mourant reparut en ſanté.
Dans nos emportemens de douleur & de joie,
Le cœur ſeul a parlé, l'amour ſeul ſe déploie.
Paris n'a jamais vû de tranſports ſi divers,
Tant de Feux d'artifice, & ſi peu de bons Vers.

Autrefois, ô Grand Roi! les Filles de Mémoire,
Chantant au pied du Trône, en égaloient la gloire.
Que nous dégénérons de ce temps si chéri!
L'éclat du Trône augmente, & le nôtre est flétri.
O! Ma Prose & mes Vers, gardez vous de paroître;
Il est dur d'ennuyer son Héros & son Maître:
Cependant nous avons la noble vanité
De mener les Héros à l'immortalité;
Nous nous trompons beaucoup, un Roi juste & qu'on aime,
Va sans nous à la gloire, & doit tout à lui-même.
Chaque age le bénit, le Vieillard expirant,
De ce Prince, à son Fils, fait l'éloge en pleurant;
Le Fils, éternisant des Images si cheres,
Raconte à ses Neveux le bonheur de leurs Peres;
Et ce nom dont la Terre aime à s'entretenir,
Est porté par l'Amour aux Siécles à venir.

Si, pourtant, ô Grand Roi! quelqu'Esprit moins vulgaire,
Des vœux de tout un Peuple interpréte sincere,
S'élevant jusqu'à Vous par le grand Art des Vers,
Osoit, sans Vous flatter, Vous peindre à l'Univers,
Peut-être on Vous verroit, séduit par l'harmonie,
Pardonner à l'Eloge en faveur du Génie;

Peut-être d'un regard le Parnaſſe excité,
De ſon luſtre terni reprendroit la beauté.
L'œil du Maître peut tout, c'eſt lui qui rend la vie
Au mérite expirant ſous les dents de l'Envie;
C'eſt lui dont les rayons ont cent fois éclairé
Le modeſte Talent dans la foule ignoré.
Un Roi qui ſait régner, nous fait ce que nous ſommes:
Les regards d'un Héros produiſent de grands hommes.

EPITRE AU ROY,

PRESENTÉE A SA MAJESTÉ au Camp devant Fribourg, le premier Novembre 1744.

ROI néceſſaire au Monde, où portez-vous vos pas?
De la Fiévre échapé, vous courez aux Combats.
Vous volez à *Fribourg*. En vain la *Peironie*
Vous diſoit: Arrêtez, ménagez votre vie,
Il vous faut du régime, & non des ſoins guerriers:
Un Héros peut dormir couronné de Lauriers.
Le zéle a beau parler, vous n'avez pû le croire.
Rebelle aux Médecins, & fidéle à la gloire,
Vous bravez l'Ennemi, les Aſſauts, les Saiſons,
Le poids de la fatigue, & les feux des Canons:

Tout l'Etat en frémit, & craint votre courage ;
Vos Ennemis, Grand Roi, le craignent davantage.
Ah, n'effrayez que *Vienne*, & rassurez *Paris* !
Venez, rendez la joye à vos peuples chéris ;
Rendez-nous ce Héros qu'on admire & qu'on aime.

UN Sage nous a dit, que le seul bien suprême,
Le seul bien qui du moins ressemble au vrai bonheur,
Le seul digne de l'homme, est de toucher un cœur :
Si ce Sage eut raison, si la Philosophie
Plaça dans l'Amitié le charme de la Vie,
Quel est donc, Justes Dieux ! le destin d'un bon Roi ;
Qui dit, sans se flatter : Tous les cœurs sont à moi ?
A cet Empire heureux qu'il est beau de prétendre !
Vous, qui le possedez, venez, daignez entendre,
Des bornes de l'*Alsace* aux remparts de Paris,
Ce cri que l'Amour seul forme de tant de cris ;
Accourez, contemplez ce Peuple dans la joye,
Bénissant le Héros que le Ciel lui renvoye :
Ne le voyez-vous pas tout ce peuple à genoux,
Tous ces avides yeux qui ne cherchent que vous,
Tous ces cœurs enflammés volant sur notre bouche ?
C'est là le vrai triomphe & le seul qui vous touche.

CENT Rois au Capitole en Esclaves traînés,
Leurs Villes, leurs Tresors, & leurs Dieux enchaînés,

Ces Chars éteincelans, ces Prêtres, cette Armée,
Ce Sénat insultant à la Terre opprimée,
Ces Vaincus envoyés du spectacle au Cercueil,
Ces triomphes de Rome étoient ceux de l'orgueil.
Le vôtre est de l'Amour, & la gloire en est pure.
Un jour les effaçoit, le vôtre à jamais dure :
Ils effrayoient le Monde, & vous le rassurez.
Vous, l'image des Dieux sur la Terre adorez,
Vous, que dans l'Age d'Or elle eût choisi pour Maître,
Goûtez les jours heureux que vos soins font renaître ;
Que la Paix florissante embellisse leurs cours.
Mars fait des jours brillans, la Paix fait de beaux jours.
Qu'elle vole à la voix du Vainqueur qui l'appelle,
Et qui n'a combattu que pour nous & pour elle.

FIN.

Lû & approuvé pour la neuviéme Edition, ce 2 Septembre 1745. CREBILLON.

Vû l'Approbation du Sieur Crébillon. Permis de réimprimer, ce 3 Septembre 1745. à la charge de l'enregistrement à la chambre Syndicale. MARVILLE.

Registré sur le Livre de la Communauté des Libraires & Imprimeurs de Paris, N°. 3056. conformément aux Reglemens, & notamment à l'Arrest du Conseil du 10 Juillet 1745. Ce quatre Septembre 1745. MATHEY, Adjoint du Syndic.

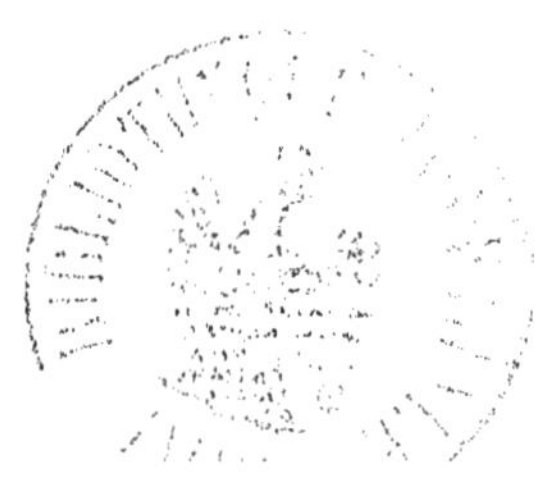

www.ingramcontent.com/pod-product-compliance
Ingram Content Group UK Ltd.
Pitfield, Milton Keynes, MK11 3LW, UK
UKHW021949260726
13994UKWH00004B/1640